U0059084

甜美的安妮奇洛娜

The Sweet Aniquirona

我理應質疑自己

在漫漫長夢中

莫名幻境的女人呀

妳要邀我去什麼國度？

我不太知道妳名字

是河川告訴我

而我知道安妮奇洛娜

就是通往其他道路的門戶。

〔哥倫比亞〕溫斯敦・莫拉雷斯・查華洛 (Winston Morales Chavarro) ◎ 著

李魁賢 (Lee Kuei-shien) ◎ 譯

序 安妮奇洛娜：女人與神話

Guillermo Martínez González

　　智利詩人文森・維多夫羅（Vicente Huidobro, 1893~1948）相信，詩人是一位小小上帝，應該一開始就創造世界。溫斯敦・莫拉雷斯・查華洛（Winston Morales Chavarro）遵循此信念：他是迷信的人，相信外表會令人目眩神迷。身為受到忽視起源或海洋和森林未明書籍的公證人，他熱烈寫下自己的夢想；他相信會遇到並預感改變命運。他發明自己的神話：安妮奇洛娜（Aniquirona），是女性又是王國、是肉身又是想像、是聲音又是靜默，在詩中成長，赤裸裸，不可收拾：

　　同樣強度
　　以高度為尊

安妮奇洛娜呀，我讚美妳智慧之身，

以讚美碼頭的方式

如衣領

或是夜間海洋

在寧靜的時間範疇內。

　　舒愛瑪是主角居住的地方。那個世界，超越日常天然以及平凡事物的極限；那個空間，可以藉分裂自我、藉對文字和語言的熱烈迂迴探索，進行趨近，在夜深迷戀和根深柢固情況下，加以理想化：

我知道

在那鏡子幽暗無聲中

有另一個明日的管弦樂聲響

我在風中搖頭

下雨啦

下雨啦，我知道下雨

是道路打開的詞典。

　　域外女人、烈火和痛苦的存在，這位安妮奇洛娜，是因蛹的特點而感到不安的生物：在森林和海洋之間，看不見卻具有肉身，未熟知但具有實體。她是女人。也就是說，那是情慾和欲望，也是詩歌和想像的象徵。一種原型，聯合所有需求，消除死與生之間的時間和界限：

安妮奇洛娜呀

讓我們相會

在黃色死亡海岸吧。

在燭光、微風，或許海浪中

我們會手拉手

跳舞

飛髮在陽光下唱歌

而塵土之子

否認這個罕能通過門關的現實。

　　凡這一切都是為了證明這本書（渴望尋找風與
影），對詩有所貢獻。如此宣告一位新詩人出現，

他對自己的聲音，以及對夢和想像的崇高信念，令
人驚訝。

推薦短語　獻給光

我需要詩才能活
而且我要擺在身邊。

　　——安東寧・阿陶（Antonin Artaud, 1896~1948）
　　法國詩人、演員、20世紀最重要戲劇理論家之一

我覺得男人在這世界可能感到幸福。
我也知道這世界是想像和幻想的世界。

　　——威廉・布雷克（William Blake, 1757~1827）
　　英國詩人、畫家、浪漫主義文學代表人物之一

我相信這世界裡的永恆生命。

時間有時會突然停止

為永恆留出空間。

　　　　——杜思妥耶夫斯基（Dostoevsky, 1821~1881）

　　　　俄國小說家，文學風格對後世產生重大影響

目次

甜美的安妮奇洛娜

The Sweet Aniquirona

1.

我在追尋路上的聲音
要加以詮釋
確定帶有妳的名字
我已經學會如何解讀風聲
如同妳樹葉半開的
搖籃曲。

安妮奇洛娜呀，安妮奇洛娜！
河川呼喚妳
空中狂熱的水滴
使妳的呼吸跟上風信雞。

陽光熱情洋溢

以妳頭頂的黃金和麥穗

投射在我手掌上

我該追溯語言的起源嗎？

那邊海鷗清楚表達

天空的艱苦歲月

在雲層中的神祕變化

我該詮釋知更鳥和烏鴉的音樂語言

來認識妳嗎？

我理應質疑自己

在漫漫長夢中

莫名幻境的女人呀

妳要邀我去什麼國度？

我不太知道妳名字
是河川告訴我
而我知道安妮奇洛娜
就是通往其他道路的門戶。

2.

每當我接近舒愛瑪地方

死亡就會發出

眾多鳥群的聲音

根根羽毛在藍空飛揚

正當石頭

喜鬧發出少用的語音

而樹葉率先知道

我是本地新人。

安妮奇洛娜呀

有另一位我在阻止

堅持要回來的我。

有時我想到

這位居民

是老人當中的年輕人

喜歡同樣事情

或許有暗門

著名的巧合情況

聲音究竟要把我帶去

妳王國的什麼地方？

我追隨樹葉急忙飛來飛去

我追隨雨和那潮濕音樂

我追隨群鳥鼓翼

群樹的語言與我之間

大致相似。

至此我才開竅
至此我知故我在
那條路不是路
而是充滿文字和聲音。

我現在舒愛瑪地方
隨輕風飄然到達
這裡音樂無聲是我唯一滿足
安妮奇洛娜呀：
讓我們來談詩吧！

3.

安妮奇洛娜呀
我在屋內步下樓梯時
以為這是另外方式來到舒愛瑪
（來世的王國）
也許下降
是上升的另外方式。

在那裡
這白天的另一邊
等待必須載我們的火車。

下雨啦
下雨啦

幾分鐘內

不良於行的途徑

道路開始

反擊如此破壞風景。

透過窗

樹木橋梁

門

青鳥樹

蝸牛河

一切都來到我們周圍

只有火車在行駛

帶走

鐵路貨車的遙遠歌聲

街頭音樂

不斷的雨聲

遠遠呼叫我的燈光。

寂靜，寂靜呀

我趕不上風

我漂浮

而且我知道

死亡就是音樂

耳朵必須大大清醒

才能聽到死亡。

4.

輕貝殼和海底珊瑚

構成女巫

我必須變成水

洗掉任何顯露的物質嗎？

我振盪於

妳雙手的海灣

和妳不確實的樹蔭之間

我死啦

在妳眼中

成為三維度的生命

妳知道在那

河水迴響無重力場內

我的心跳
變成音樂曲調
與妳森林的甜美氣流
匯合。

5.

我在群眾當中

究竟在幹什麼呢？

在那偏僻小鎮？

為什麼這些話在我耳邊呼叫？

燈光暗淡

妳不需要解衣。

彼此相愛

竟沒有碰觸

不瞥一眼

甚至彼此沒有相看

在昏暗燈光下

沒有指責或吵架。

我愛你
照妳所提議
甚至沒有解衣
沒有聽到妳呼吸
沒有聽到我喘氣。

為什麼離開幽暗的房間
有如此清爽的微風？

廣場上到處是笑臉
我不認識任何人
微風繼續吹
而遠方太陽的光線
沒有使道路暈眩。

6.

年輕時代的無知

比妳的光更早

照到房屋

敲牆壁

和遠處的門。

道路

幾乎封閉

把屋簷伸到我岸邊。

如何協調運動

才能到達遠方邊際？

我是一隻微小石鳥

對其他緯度區域無聲無視

水泥製的甲殼類動物

迷失在寂靜的大海和岩石中。

救救我，抓住我呀！

在那邊我望妳一眼

在空無中

在風自言自語中

在白天無力中

在一切開頭的根基中

在語言的起源中

在河流的聲音中

聲音屬於夜晚

和月亮

還有田園

在我耳中揚升。

安妮奇洛娜呀

我的翅膀輕盈成熟

跟隨妳的光

飛往妳的森林。

7.

外國女人

跳火舞

我知道死亡正在聽其他聲音

因此

我諦聽

妳河流的瀑布聲。

我尋找死亡

裸身走在石頭間

我尋找那聲音

或許遠？

或許近？

可能在我體內

隱藏在我體內。

我知道

在那鏡子幽暗無聲中

有另一個明日的管弦樂聲響

我在風中搖頭

下雨啦

下雨啦，我知道下雨

是道路打開的詞典。

8.

安妮奇洛娜呀
我不怕妳
反而愛妳。

道路像鏡子
逐一為我顯示妳的捷徑、源頭。

聽知更鳥鳴聲吧!
赤足
裸身
又瘋狂
沒有年輕時代的無知
我應該與空氣呼吸聯合

成為妳宇宙的顆粒。

要接近妳

不用質疑屋內佈置

甚至移動家具

使這地方氛圍看似有異

不用每天早上採取不同路線

才能相信人正要到達另一個國度

把時鐘調前無助於

感覺時間過得快

調後也無助於

相信人得以永生

不用保持安靜使文字不致消耗。

把妳的頭浸在虛無河裡就夠啦

（希望能淹到脖子）

感受到水如何輕快

溢流到肺部

以及如何重振笑聲

平衡浸透我們

並享有寧靜自由

走在其他路上。

9.

現實並非不能改變

因此

我可以感受到自我

在其他情況下

我會飛會笑

會游泳、會跳、翻筋斗

在草地上自行歡樂

以呼吸橘花及其花環

同樣的強度

呼吸石頭。

我並不想

但為此自豪

我樂予瘋狂

因瘋狂而自由

因自由而幸福

由於幸福

堅信

必然永恆。

外國女人呀

我愛生命

我愛死亡

我的確不知道如何分辨彼此。

此外，我還失去時間感

更重要的事是

讓我忙於生忙於死：

忙於定位星宿

忙於不可救藥駕駛火車

忙於孩子們爭吵

忙於蝴蝶亂舞

忙於青蛙單調呱呱叫。

外國女人呀

我是天王星、火星和舒愛瑪之子。

我是地球、樹木

和藍鳥的兄弟。

因此

我經由無止盡

持續不斷的

未來天性

觀看妳的原貌。

10.

我滿懷勇氣愛上死亡

回溯到童年時代

看到懸在露台的蕨類植物

生命之樹

月光

照耀我

撫慰我。

我現在舒愛瑪地方

幸賴死亡

另一種存在模式

另一種居留方式

已習慣記住

自己

其他熟人。

滑輪和輪轂

歌唱我的身體墜落

通過陰影隧道

那白色音樂

井底微弱的頌歌

造成巨大海浪

以歌聲和永恆音樂籠罩

我鳥般神魂

我夜鶯心靈。

域外女人呀

經過嚴峻的旅遊之後

經過短暫夢境之後

我已睜開眼睛觀看生命。

滑輪音樂像水聲傳來。

樹葉從樹上飄落之前

風吹起另一鐘聲之前

我隨星星

來到舒愛瑪地方

不穿衣服

裸身

睜開眼睛

屈服於冷漠
不斷穿越過
悲情谷。

11.

安妮奇洛娜呀

死亡並非隱含任何風險

死亡是門

時間是窗口

我匆忙步伐經此

感受其他事物、其他世界。

心愛的瘋狂呀！

瘋狂的靈感

用我極為溫柔的方式自行證明

以我愛大自然的方式

觀看且同化宇宙

常態專制不能救我

我已決定我的現實可以變化

無法判讀

無法預知。

就像我的眼睛

可透牆感知

我的手透過妄想感受

我的意念確實同化

輕盈的空間

過往世代的飄渺夢想

我在其間堅持意外的幸福。

如何跟上自己？

如何趕上自己？

舒愛瑪把我們一起帶到宇宙中

在群星中

在呼喚我們的無限夢中

在等待中

誕生

登上火車

拖拉歲月

如此重返生命

重返死亡

反之亦然。

12.

鏡內的女人呀

請帶走

已經是妳的東西吧

樹葉的聲音

樹枝安靜的颯颯聲

使這平常的樹幹

讓妳安居

來吧，外國女人呀！

我只能給妳手中

一把香味石子

在我很小

幾乎微渺的陰影下

妳可以停留

多久都沒關係

畢竟

時間不是為我們倆存在。

我一介老人

是暗澹鏽蝕的樹

但我發誓

妳還是可以把我

轉變成歌為死

為生

或許為更美的事務。

外國女人呀

眼睛明銳的女人觀察到

透明的聖甲蟲

仍然棲息在我的枝幹上；

蜂鳥和蝴蝶的軀殼

抵禦數百萬戰爭和吉他

以及另外走向妳歲月的命運。

留下吧，外國女人呀

明天我就換別樣啦

妳還是太年輕

不會重新來。

13.

安妮奇洛娜呀

由光誕生的年輕女郎

妳發亮的眼睛遠遠望著我

也許從夜晚的另一邊

從太陽的另一邊

憂鬱籠罩下的月光

飛過雲層的群鳥

偽裝成樹木和河流。

石頭沒有回音傳來

我是妳河流之聲

岩石般的外表就是道路

妳每天經過的窄徑。

安妮奇洛娜之光呀

我跟隨妳的水

妳的空無

妳在等候我的朗朗無聲走

我是妳森林的聲音

在遠方呼喚我的森林

我的外表就是道路

石頭和海洋音樂

被妳腳步踩過去（有時過來）

空氣流竄

雨水流竄

群鳥和蟋蟀

蝴蝶

落葉

屋頂沙沙聲

我的聽覺隨微風滾落

我的手像發光的風信雞

跟妳走

跟妳走

追隨妳。

14.

外國女人呀

我需要質問自己

孤獨和遺忘會受到祝福到何等程度

在沉船中迷失自己

到何等程度

是航向妳宇宙的一種行動。

這是必然

要冷靜下來

為了找到另一邊緣的幻影。

而靜默

就像糾纏的樹枝

充滿吵雜迴聲

這面鏡子
懸掛群眾的形象。

我現在居住的
是哪個遺忘的房間呢？
外國女人呀，我與妳同在嗎？
或許我仍持續不斷盲目
在漫長路途中
走過美麗死亡永息的房間？

15.

安妮奇洛娜呀

未萌芽詩的

織夢者

繡夢者

皇帝在枯葉御座上

等候妳

他渴望妳的玉手

成為花卉的紡織機

妳的針頭可以再造萬物。

圓夢庇護所的女人

在編織另一個下雨的早晨

為他採橘的手

為他新鮮葡萄般的嘴唇

拼寫妳的神聖名字。

安妮奇洛娜呀

把妳的時間和他的時間

妳的空間和他的空間交纏在一起

這次變質和夢想

走過巔峰和階梯

朝向藍色微光

那是發自妳絲線的光芒

在那平衡上

懸掛生命與死亡。

織工呀

蛛網把任何試圖瘋狂

加以神聖化。

當靈感

從意識取得

緩慢生活

在萬事的另一邊

依傍老栗樹

有另一位皇帝

已經知道妳

就是把時間絲線和

文詞大麻纖維匯集的那位

用一分鐘的雨水

重振微風
來慶祝。

16.

早上
當群星和香脂樹葉
落如雨下
我想到數百萬年
跟著我腳跟
跟著我謹慎穿行宇宙。

就在此空間
我再度遇見妳
微風細雨
帶妳來到我的生涯
對恐懼不再有所恐懼
對舒愛瑪也

不再恐懼。

托妳之福

亮麗王國的女人呀

死亡擁有無限的海岸知識

在死亡的黃色海岸

那死亡引誘我讓我充滿熱情。

但我不愛自殺

我想那是生命的藉口

無法很快找到妳。

外國女人呀，我不找妳

我在口袋內帶著

妳透明的地圖
我隨時高興就可跨越。

目前
夢想與光明
迴聲和聲音的大地
那是屬於妳和無人的土地
凡是妳的和人人的
都不屬於我。

我不會在死者之間迷失
光明聖靈把我釘上十字架
但我已經死去多次

如今有生釘上十字架更加常見。

親愛的外國女人呀。讓我走吧
前往舒愛瑪的火車九點出發
我還保有三張回程票。

17.

外國女人呀
我們來到此祭典
這是鮮花儀式
文字的祭典；
馥郁文字蔓延
像香脂音樂的常春藤
帶著樹汁
緩緩攀升。

這是鮮花儀式
來享受節慶吧
來享受生命吧
來慶祝我

生命，仍然在這些手中

靠這些手

仍然在為孤獨女人

寫情詩。

我來參加這節慶

在夜晚美景前呼喊。

安妮奇洛娜呀

森林女神黛安娜

請告訴我妳的視域可達多遠？

音樂的大麻纖維在哪裡？

親吻的煙火在哪裡？

樹葉的溫柔呢喃呢？

被死亡加冕

有多麼幸福呀？

某處

在生死之間

我已到此重逢

生命，仍然在這些手中

看

以前寫過

有關這些事務

預言過

此壯麗事蹟

當靜默、詩和死亡

讓我們回歸自己

這是加冕男人夢想的舉動

這是相互慶祝的舉動。

18.

鏡中女人呀
請問時間從何處開始
我是塵土不會回歸塵土
我是指望燃料的燈籠
或是純真火焰的
確實光芒。

我們必須重建時間
不存在的時間
外表蒼白又皺皺
年輕人所發明
老人在咒罵。

我是塵土不會回歸塵土

我是留在高齡老人手中的

神聖泥土

我是光，是蛹

是隨歲月流逝變堅強的脆弱蝴蝶。

我們必須重建時間

用其他面貌、其他蠟筆來畫

會變得更輕盈

脫掉衣服，變得像小孩

轉向另一邊緣

坦然說那根本不存在。

請問時間從何處開始

忘懷音樂嗎？

恢復文詞嗎？

何處沒有那年輕時光的空洞

堅持無敵的快樂精神

被夢想加冕的男人？

19.

妳知道在忘懷中寫過什麼嗎？

或者在隧道的神聖記憶中？

妳知道彗星回溯到檸檬黃氛圍之後的日子

在哪裡睡眠？

那氛圍可能在哪裡？

搖晃柏樹和聖櫟的風在哪裡？

安妮奇洛娜在老樹間跳舞

在前往舒愛瑪的路上

在此藍色轉彎處

夜鳥唱什麼歌？

那音樂像熏衣草在燃燒

在螺旋狀夜晚融化

這液態影子

使我四肢模糊

直到變成黃絲線。

外國女人呀

就光而言，任何夢想都夠啦。

開始時，是蝴蝶

入夜以後，是有翼彗星

當翅膀在燭邊張開

在那幽暗柔和處

像河流過

白色和曲折黑暗的

美麗陰影使我眼花撩亂

在歌聲和喊叫

是亮麗的音樂所在

聖詩和聲音

單憑頌唱

就會在黑暗中閃亮。

20.

在竹林裡
越過人家稻田的地方
興起新智慧語言
那裡就是舒愛瑪。

一位女人住在那邊
我跟隨過她
如今
在這些繩索和如此灰色屋頂下
她不在那裡啦。

親愛的外國女人，妳在哪裡呀
妳像麵包在有酒的夜裡

自我奉獻嗎？

美麗的旅行者，妳在哪裡呀

妳用一首灰色詩

就可倍增麵包和魚嗎？

甜美的安妮奇洛娜，妳在哪裡呀

妳在此死亡的新維度

以夢想和清醒面對我嗎？

我找不到妳

馥郁的風

不會帶來妳最近下落的消息。

或許妳關心我的使命

已告結束。

我全部剩餘唯有大海
其波浪和迴聲
湧上這些荒涼海岸
必然帶有聲音或文字。

我必須耐心等待
這些美夢景象
而且再度面對生命
向上游啟動
前往全有和全無的旅程
超越夢中島。

21.

安妮奇洛娜呀

讓我們相會

在黃色死亡海岸吧。

在燭光、微風，或許海浪中

我們手拉手

跳舞

飛髮在陽光下唱歌

而塵土之子

否認這個罕能通過門關的現實。

那麼我要接待妳

以妳的名義當做老朋友

然後把我的初吻
我的風格，和男人禁忌的夢
奉獻給包圍妳的蛇。

安妮奇洛娜呀，我要接待妳
在黃色死亡海岸
我要吻妳芳香的髮辮
妳金屬鳥的明暗。

我要從妳嘴上拿掉文字
這個把妳的號碼神聖化的動詞
一點一滴
在這亮麗的死亡前奏曲

我要深入妳的世界

像輪船不厭航海，

我要深入其他海洋的夜晚

領悟帶來其他海岸的光

領悟發自其他海岸的精神。

22.

致羅伯特・查華洛・查華洛

安妮奇洛娜呀

失落的詩句在哪裡？

隱藏文字

和預兆世界的

鞍囊在哪裡？

在服喪期間掩飾悲痛

直到音樂譜成的

那位寡婦的披肩在哪裡？

或許是舒愛瑪的光嗎？

雙耳罐形狀的大片雲彩

是所有悲傷消失無蹤

也是孩子們玩檉柳和鳥類之處嗎？

舒愛瑪是棄世的人人

都會前往的國度。

過來吧，童年朋友

來吧，海員和陣亡軍人

來吧，妓女

讓音樂家解除他們的吉他悲戚

讓惡棍從他們的牢獄起義。

人人有麵包！

讓傳教士和聖詩作者也來吧

猶太人、穆斯林、異教徒

都過來吧，漁民帶銀網

神祕教徒攜帶石蠟塊。

向舒愛瑪前進
那巨大燈籠的光
是旅行的拱門。

三月髑髏地的鐘聲
葬禮結束鈴響
微風停息
避免攪亂到
外國人和遊客的睡眠。

安妮奇洛娜呀

鳥類和魚類繁衍時機已到

這是升火的時刻

唱歌呼叫的時刻

讓科學家

卸下盔甲和太空服

過來吧，煉金術士連同閃電雷鳴。

前進呀，美麗蠕蟲

展翅飛翔的時機到啦

蛻化之後

全部幼蟲都化成蝴蝶！

23.

安妮奇洛娜呀

我要供應什麼食物

讓妳嘗嘗呢？

當我知道我是

麵包、酒、魚、水和風

知道我是

聰慧甜美有如琥珀

來自舒愛瑪神奇的東方

我要求自己

渴望成為

地球上富有生產力之物。

妳想要給我何種食物呢？

妳的口舌可以向我學習很多事
我是音樂、吉他、野味和金銀花
不過是最後晚餐室的一部分
一片海鮮和瀑布
河流和鴿子。

如今當我知道我是森林時
樅樹、馬蠅、橙木、白楊和雅魯木
妳可以成為鳥;
如今我知道我是水
妳可以成為河流
穿過我霧靄瀰漫的總部。

妳可以是金屬、刀、劍

尋找妳的工具，最神聖餐具

這將是我們最後相會

葡萄酒和餐桌擺好

在無形的定位

像事務的前置作業

最後晚餐的時刻

延遲到旋轉的萬花筒。

妳想要給我何種食物呢？

從我這裡飲用

源源不斷的生活源泉。

我就是妳在等候的麵包

妳

使我肉身不朽的口舌

從我的光製造出

一個燈籠

明白

外國的死亡時間。

24.

同樣強度

以高度為尊

安妮奇洛娜呀，我讚美妳智慧之身，

其方式一如支柱

在讚美柱環

或是夜間海洋

在讚美時間的寧靜空間。

以不倦透明陶醉的愛

我讚美妳的蝴蝶領

妳在天空飛翔的海鷗唇

妳髮上的獨粒鑽石像燈塔

在朦朧幽暗籠罩下

揚帆飄香。

我讚美妳希臘羅馬雕塑的胸部

妳的嘴唇

像流放煙火輝煌燦爛

妳的眼睛，黝黑又深邃

像前往羅吉塔瑪河的安靜路途；

那是水流匯集之河

突然出現的星星

金屬鳥在河床

滿月高掛

在物質與空間

面具與時間當中。

我讚美妳的深度

妳的精力

妳的元氣

妳的文字

妳在任何星座和狀態的編號

妳神奇的外表

妳千變萬化的形式

妳是那個夢

我們兩人鑄造的夢

在某些孤獨夜晚

某些暢快角落

這時我們還不清楚

時間不合道理。

25.

安妮奇洛娜呀
溫柔甜美的女性
在松樹林間時而定居時而遷離
是上升一再上升的天使
在我記憶中成型。

有些日子妳匆匆路過有如森林
在我肉身或蠟燭中看不到妳
對其他人，妳卻突如閃電，
蒞臨
裸身
潔淨
豐滿

妳與我同住
擁有我
像流過死亡的河把我稀釋
直到成詩。

屬於風和金銀花的安妮奇洛娜呀
對某些人妳是聾子
對其他人妳可能笨（可憐他們）
至於我，我同樣一無是處
我是妳周邊的平靜
妳起始的終端
妳是不可思議的海浪
充滿星星突然呼喚我的聲音。

26.

我家有一位女人

她在眺望什麼角落、什麼世界

其後背

是由風構成；

夜間的樹

像為難事在禱告。

有一位女人

我不認識

但我知道她是藉口。

她做夢好像還不夠盡興

為充分瞭解她

我的心靈攀向高處
好像在找不知名的什麼山岡
什麼懸崖。

有一位女人嫁給我
我剛剛才發現
自己天生是男人或是一場夢。

一位巨人族的女人
溫柔甜美的女性
像河流經過
輕風細語懷念
我巧妙美好的世界

在我夢中有一位女人
不知道在眺望什麼地方
什麼角落。

群樹、群鳥
甚至地球
每天好意對這位女人
說話
與她分享石頭和河流
莫測高深的祕密。

有一位女人眺望我的地下世界
傾其凝脂的胸部

全部陰影讓我棲身。
一位知道我夜裡所有奧祕的女人
溫柔的月亮
為我的痛苦傷心。

關於詩人
About the poet

　　溫斯敦・莫拉雷斯・查華洛，1969 年出生於哥倫比亞烏伊拉省的內瓦市（Neiva, Huila）。社會記者和通訊員。厄瓜多基多城安迪納・西蒙・波利瓦大學（Universidad Andina Simón Boliva）西班牙和拉丁美洲文化研究碩士。哥倫比亞卡塔赫納大學專任教授。獲1996年詩屋組織（Organización Casa de Poesía）詩獎、1997年和1999年José Eustasio Rivera獎、1998年文化部

單位競賽獎、2000年德爾昆迪奧大學 Euclides Jaramillo Arango 獎、2000年奇金基拉市（Chiquinquirá）全國徵詩第二獎、2001年安蒂奧基亞（Antioquia）大學全國詩獎、巴西奧拓諾市（Outono）國際徵文第三獎、José Eustasio Rivera第九屆全國中篇小說雙年徵文首獎、2005年卡塔赫納波利瓦工業大學全國徵詩首獎、哥倫比亞文化部和墨西哥 Foncas 合辦哥倫比亞、委內瑞拉和墨西哥三國藝術駐居獎，題目為〈隱形平行：奇琴伊察金字塔與聖奧古斯丁〉（Parallels of the invisible: Chichén Itza-San Agustín），另獲2013年卡塔赫納傳統與文化學院徵詩（IPCC）、2013年Humberto Tafur Charry短篇小說徵文、2014年哥倫比亞波哥大市薩瓦納大學 David Mejía Velilla 國際文學徵文，以及哥倫比

亞、西班牙、阿根廷和墨西哥若干詩和短篇小說徵文入圍。

出版詩集《安妮奇洛娜》（*Aniquirona,* 1998）、《雨與天使》（*La lluvia y elángel,* 1999，合著）、《回到舒愛馬》（*De regreso a Schuaima,* 2001）、《亞歷山大‧布魯科回憶錄》（*Memorias de Alexander de Brucco,* 2002）、《詩集成》（*Summa poética,* 2005）、《詩選》（*Antología,* 2009）、《通往羅吉塔瑪之路》（*Camino a Rogitama,* 2010）、《歌舞之城》（*La Ciudad de las piedras que cantan,* 2011）、《臨時工就是臨時工》（*Temps era temps,* 2013）、《甜蜜茴香醛酮及其他詩集成》（*La douce Aniquirone et D`autres poemes somme poètique,* 2014）；小說《上帝臉上有笑

容》（*Dios puso una sonrisa sobre su rostro*, 2004）；
論著《José Antonio Ramos Sucre, Carlos Obregón, César
Dávila Andrade 和 Jaime Saenz 作品中的神祕主義詩學》
（2008年）。詩發表在哥倫比亞、西班牙、委內瑞拉、
義大利、美國、阿根廷、波多黎各和墨西哥各種報章雜
誌，已譯成法文、義大利文、葡萄牙文和英文。

關於譯者
About the translator

　　李魁賢，1937年生，1953年開始發表詩作，曾任台灣筆會會長，國家文化藝術基金會董事長。現任國際作家藝術家協會理事、世界詩人運動組織副會長、曾任福爾摩莎國際詩歌節策畫人。詩譯成各種語文，在日本、韓國、加拿大、紐西蘭、荷蘭、南斯拉夫、羅馬尼亞、印度、希臘、美國、西班牙、巴西、蒙古、俄羅斯、立陶宛、古巴、智利、尼加拉瓜、孟加

拉、馬其頓、土耳其、波蘭、塞爾維亞、葡萄牙、馬來西亞、義大利、墨西哥、摩洛哥、哥倫比亞等國發表。

　　出版著作包括《李魁賢詩集》全6冊、《李魁賢文集》全10冊、《李魁賢譯詩集》全8冊、翻譯《歐洲經典詩選》全25冊、《名流詩叢》50冊、李魁賢回憶錄《人生拼圖》和《我的新世紀詩路》，及其他共二百餘本。英譯詩集有《愛是我的信仰》、《溫柔的美感》、《島與島之間》、《黃昏時刻》、《給智利的情詩20首》、《存在或不存在》、《彫塑詩集》、《感應》、《兩弦》和《日出日落》。詩集《黃昏時刻》被譯成英文、蒙古文、俄羅斯文、羅馬尼亞文、西班牙文、法文、韓文、孟加拉文、塞爾維亞文、阿爾巴尼亞文、土耳其文、德文、印地文，以及有待出

版的馬其頓文、阿拉伯文等。

　　曾獲韓國亞洲詩人貢獻獎、榮後台灣詩獎、賴和文學獎、行政院文化獎、印度麥氏學會詩人獎、吳三連獎新詩獎、台灣新文學貢獻獎、蒙古文化基金會文化名人獎牌和詩人獎章、蒙古建國八百週年成吉思汗金牌、成吉思汗大學金質獎章和蒙古作家聯盟推廣蒙古文學貢獻獎、真理大學台灣文學家牛津獎、韓國高麗文學獎、孟加拉卡塔克文學獎、馬其頓奈姆・弗拉謝里文學獎、秘魯特里爾塞金獎和金幟獎、台灣國家文藝獎、印度普立哲書商首席傑出詩獎、蒙特內哥羅（黑山）共和國文學翻譯協會文學翻譯獎、塞爾維亞「神草」文學藝術協會國際卓越詩藝一級騎士獎等。

語言文學類　PG2894　名流詩叢48

甜美的安妮奇洛娜
The Sweet Aniquirona

原　　　著 / 溫斯敦・莫拉雷斯・查華洛（Winston Morales Chavarro）
譯　　　者 / 李魁賢（Lee Kuei-shien）
責任編輯 / 石書豪、紀冠宇
圖文排版 / 黃莉珊
封面設計 / 王嵩賀

發 行 人 / 宋政坤
法律顧問 / 毛國樑　律師
出版發行 / 秀威資訊科技股份有限公司
　　　　　114台北市內湖區瑞光路76巷65號1樓
　　　　　電話：+886-2-2796-3638　傳真：+886-2-2796-1377
　　　　　http://www.showwe.com.tw
劃撥帳號 / 19563868　戶名：秀威資訊科技股份有限公司
　　　　　讀者服務信箱：service@showwe.com.tw
展售門市 / 國家書店（松江門市）
　　　　　104台北市中山區松江路209號1樓
　　　　　電話：+886-2-2518-0207　傳真：+886-2-2518-0778
網路訂購 / 秀威網路書店：https://store.showwe.tw
　　　　　國家網路書店：https://www.govbooks.com.tw

2023年3月　BOD一版
定價：200元
版權所有　翻印必究
本書如有缺頁、破損或裝訂錯誤，請寄回更換

讀者回函卡

國家圖書館出版品預行編目

甜美的安妮奇洛娜 / 溫斯敦. 莫拉雷斯. 查華洛
(Winston Morales Chavarro) 著 ; 李魁賢譯. --
一版. -- 臺北市 : 秀威資訊科技股份有限公司,
2023.03
　　面 ;　公分. -- (語言文學類 ; PG2894) (名
流詩叢 ; 48)
　　BOD版
　　譯自 : The sweet Aniquirona
　　ISBN 978-626-7187-50-0 (平裝)

885.7351　　　　　　　　　　111021368